I0548646

1789-1889

LA DÉLÉGATION OUVRIÈRE PARISIENNE

ET

Mgr LE COMTE DE PARIS

DISCOURS

DE

M. le Marquis de BRETEUIL

Député des Hautes-Pyrénées.

Le Comte de Paris n'est pas de 1830, encore moins de 1788, il ne vit pas dans le passé : il vit dans le présent. Il n'a pas à reprendre le programme de la Monarchie du siècle précédent pas plus que le programme de la Monarchie de juillet, puisqu'il a le sien. Si quelques monarchistes attardés en sont encore à l'ancien régime ou au temps du « pays légal », tant pis ! Le Comte de Paris ne marche pas derrière son parti. Il marche en avant. La monarchie qu'il veut est une Monarchie profondément démocratique.

(Le Soleil, numéro du 23 juillet).

La Monarchie moderne

LA CHATRE (INDRE)

IMPRIMERIE TYPOGRAPHIQUE ET LITHOGRAPHIQUE DE H. ROBIN.

LES OUVRIERS PARISIENS
chez
LE COMTE DE PARIS

Mardi 17 juillet 1888, une délégation composée de trente-un ouvriers parisiens, représentant 27 corps d'Etat et faisant partie d'ateliers situés dans les quartiers les plus divers de Paris, a été présentée à M. le Comte de Paris, par M. Keller, sénateur du territoire de Belfort :

Introduite dans le salon de Sheen-House, devant le drapeau tricolore offert par les ouvriers tisseurs de Lyon au prince exilé, la délégation a été reçue par le Comte de Paris.

Un des ouvriers a donné lecture de l'adresse suivante :

Monseigneur,

Comme citoyens, notre patriotisme souffre cruellement des humiliations et des dangers auxquels la République nous expose.

Comme ouvriers, nous sommes les premières victimes de toutes les fautes qui ce commettent et qui frappent, d'abord l'Industrie parisienne.

Les ambitieux qui ne cessent pas de nous promettre la liberté et le bonheur, sans jamais nous les donner, nous ont lancés à l'assaut de tous les gouvernements. Une fois les maîtres, ils n'ont rien fait pour nous. Ils ont dissous nos anciennes associations, et nous ont interdit d'en former de nouvelles. Puis, ils nous ont accablés d'impôts qui allongent notre journée de travail, et qui, grevant l'industrie nationale nous condamnent souvent au chômage, c'est-à-dire à la misère.

La République nous a trompés. Nous ne voulons pas de nouvelle aventure, et pourtant il faut que le peuple trouve enfin un rempart contre ceux qui l'oppriment et l'exposent à tous les périls.

On nous dit que la Monarchie a été et sera ce rempart; que, fils de nos rois, vous avez étudié les questions qui nous touchent; que vous êtes disposé à nous entendre et préparé à comprendre nos besoins.

Nous sommes donc venus, Monseigneur, comme des Français, libres de préjugés, désireux de travailler au relèvement de la patrie, vous demandant, au milieu de nos épreuves, ce que nous avons le droit d'espérer.

Pouvons-nous attendre de la Monarchie l'indépendance de nos consciences et de notre foyer ? Nous donnera-t-elle la liberté d'association, qui nous permettra de pourvoir nous-mêmes, avec l'aide spontané de nos patrons et de nos anciens camarades, à toutes les misères provenant des accidents, des maladies, des chômages et de la vieillesse ? La Monarchie assurera-t elle à nos intérêts les légitimes satisfactions que nous réclamons en vain depuis si longtemps ?

C'est avec une respectueuse indépendance, Monseigneur, que nous vous tenons ce langage. Nous sommes les enfants dévoués de la patrie que vos ancêtres ont faite et, si vous voulez être le protecteur du peuple, l'ami de l'ouvrier, le chef de notre société démocratique, nos bras et nos cœurs vous appartiendront pour refaire une France libre, prospère et forte.

**
*

Monseigneur le Comte de Paris a répondu en ces termes :

Mes amis,

Je vous remercie d'être venus me trouver dans l'exil pour me parler des ouvriers parisiens, de leurs souffrances, de leurs besoins, de leurs espérances. Vous avez raison de croire que mes regards sont tournés sans cesse vers notre Patrie, que je vis par la pensée au milieu de vous, m'associant à vos souffrances, recherchant vos besoins, me préparant à réaliser vos espérances.

Vous avez longtemps fait crédit à ceux qui, vous abusant par de vaines promesses, n'ont songé qu'à satisfaire leur ambition personnelle.

Que vous ont-ils donné ? Le suffrage universel. Mais il ne peut, seul, assurer votre indépendance et votre bonheur. Il a besoin de la liberté d'association, et, comme vous me le rappelez, cette liberté vous a été impitoyablement refusée. Lorsque d'anciennes institutions ont disparu devant l'œuvre d'une société nouvelle, on vous a dénié les moyens de grouper vos forces pour la défense de vos intérêts. Les prescriptions rigoureuses du Code contre les associations subsistent encore aujourd'hui.

Le gouvernement actuel, il est vrai, en a proposé l'abrogation. Mais il a écarté de son projet la garantie nécessaire pour protéger l'ouvrier contre les chefs occultes, qui le courbent sous la main de fer d'un despotisme anonyme : c'est-à-dire l'obligation pour toutes les sociétés de rendre publiquement compte de leur gestion financière. Néanmoins, vous tirerez parti de cette loi : le succès des syndicats agricoles prouve comment les conservateurs savent employer, pour le bien général, les armes mêmes qui avaient été forgées contre eux.

Vous avez vu l'impuissance des hommes qui nous gouvernent à guérir vos maux. Vous avez compris qu'il fallait à notre pays un pouvoir assez stable pour être prévoyant, assez fort pour s'élever au-dessus des partis. Ce pouvoir saura développer le respect de la famille qui, seul, conserve les forces vives d'un peuple laborieux, et donner à vos intérêts les légitimes satisfactions que vous réclamez. Il lui faudra, sans exagérer son ingérence, encourager ou soutenir les combinaisons destinées à assurer l'ouvrier et sa famille contre la maladie, le chômage forcé, les accidents de tout genre et les misères de la vieillesse.

Vous pouvez juger de ce que sera sa sollicitude par la large part que les conservateurs, dans la Chambre actuelle, prennent à la discussion des lois touchant à ces intérêts.

Mais ni l'assurance ni la limitation fort sage du travail des femmes et des enfants ne suffiront à soulager les souffrances de l'ouvrier des villes et des campagnes. Il souffre, parce que la prospérité nationale est profondément atteinte.

La Monarchie pourra, mieux que tout autre régime, travailler à la relever. Sans doute, elle ne pourra pas en un jour rendre à la France cette prospérité dont elle ne possède plus que le souvenir. Mais la confiance qu'elle inspirera stimulera la reprise des affaires.

Elle inspirera cette confiance non seulement à l'intérieur, mais aussi à l'extérieur. Quand l'Europe verra qu'elle ne compromet pas, comme il arrive maintenant, les intérêts les plus graves de l'industrie et de l'agriculture nationales par des calculs personnels ou par simple ignorance, elle écoutera davantage.

Quand elle verra que la parole de la France ne risque plus d'être désavouée par un caprice des électeurs ou des élus, elle traitera avec nous les graves questions économiques et sociales qui l'intéressent tout entière si vivement.

Le gouvernement actuel n'est pas assez sûr de lui-même et de son crédit pour les aborder. Aussi n'a-t-il pas répondu aux avances d'une vieille république amie proposant l'étude des règlements internationaux relatifs aux heures de travail des adultes dans certaines professions.

En effet, on ne pourra chercher la solution de ces questions si délicates que le jour où la plupart des nations européennes seront d'accord pour assurer en même temps à certains produits de leur travail une protection commune. Il est également évident que la meilleure manière de favoriser le travail national serait d'alléger les charges militaires qui pèsent sur notre population et sur notre budget et qu'une pareille mesure ne saurait être appliquée sans une entente préalable de la France avec ses puissants voisins.

L'instabilité des institutions lui enlève cette initiative si longtemps acceptée par l'Europe, même à l'époque de ses plus grands revers. Dépouillée de ce glorieux privilège, qui l'a tant de fois consolée au milieu de ses épreuves, elle contemple avec tristesse les vaines querelles qui divisent ses enfants. Elle attend le gouvernement réparateur qui saura les réconcilier et qui fécondera leur énergie en la mettant au service de la Patrie.

Cette tâche sera d'autant plus facile, qu'aucun intérêt sérieux ne sépare aujourd'hui ce que l'on appelle les différentes classes de la société. Il n'y a ni barrières à rompre, ni privilèges à détruire, ni droits politiques à conquérir. Le triomphe de telle ou telle forme de gouvernement ne sera plus jamais celui d'une classe sur une autre. Aussi les esprits impartiaux reconnaissent-ils chaque jour davantage la solidarité étroite qui unit les patrons et les ouvriers.

Pourquoi faut-il que cette vérité trouve encore tant d'incrédules, et que la démonstration n'en soit faite le plus souvent que par la communauté des souffrances ?

Toutefois, il y a de nombreuses exceptions, trop nombreuses, Dieu merci ! pour que je puisse citer tous les exemples de concorde et de paix sociales donnés par l'Industrie française, depuis ces mondes qu'on appelle le Creusot et Baccarat, jusqu'aux établissements plus modestes dont les noms sont présents à tous les esprits.

Le jour où, s'appuyant sur le renouvellement du pacte national, le représentant de la tradition monarchique entreprendra cette œuvre de réconciliation, il sait qu'il ne fera pas inutilement appel au patriotisme de tous ceux qui composent le grand peuple de France. Ce jour-là, nous nous inspirerons tous des paroles qui ont changé la face du monde, il y a dix-neuf siècles. Nous nous souviendrons que notre premier devoir est de souhaiter la « Paix sur la terre aux hommes de bonne volonté ! »

DISCOURS
de

M. le Marquis de BRETEUIL

DÉPUTÉ DES HAUTES-PYRÉNNÉES

Prononcé dans une grande réunion conservatrice qui a eu lieu à Tarbes le 17 juillet 1888.

M. le marquis de Breteuil est un des plus jeunes députés conservateurs de la Chambre, mais il s'est fait par la clarté de ses idées démocratiques sur le gouvernement de la France et par sa connaissance des affaires extérieures, une place non-seulement au premier rang du parti conservateur, mais aussi au Parlement. Naguère, il prononça un discours sur la politique extérieure qui fut applaudi par la Chambre entière et qui eut un grand retentissement à l'étranger.

Sa Majesté l'Empereur de Russie honore de son amitié M. le marquis de Breteuil.

Mauvaise politique de la République

Messieurs !

Dans tous les pays du monde, quand un gouvernement quelconque, même celui dont l'origine a été la plus précaire et la plus contestée, a duré dix-huit ans, il s'est généralement consolidé, les années vécues sont une garantie de sa durée future, il a poussé des racines profondes dans la nation et sa forme n'est plus discutée.

Les fautes qu'il a commises, et tous les gouvernements en commettent, il a pu les réparer ; s'il n'a pas encore tenu toutes ses promesses, il a donné assez de gages pour que la confiance lui soit acquise, et les oppositions les plus convaincues, les plus ardentes au début ont dû désarmer parce que l'opinion publique les abandonne. — Ordinairement, elles se sont ralliées !

Mais, pour arriver à ce résultat, il faut que ce

gouvernement ait été fidèle à son programme, qu'il se soit imposé par sa bonne administration, par sa tolérance, par son économie, par son honnêteté ; qu'il ait répondu par des actes aux défiances de ses adversaires ; qu'il les ait forcés à reconnaître le mal fondé de leurs réclamations.

S'il en avait été ainsi chez nous, les crises auraient pu sévir sur l'agriculture, sur le commerce et l'industrie ; les sources de nos richesses auraient pu se tarir momentanément ; le peuple ne rendrait pas le gouvernement responsable de ses souffrances, et les imprécations de ceux qu'on appelle les ennemis irréconciliables de la République retentiraient aujourd'hui dans le vide. (Très bien ! très bien !)

Vous-mêmes, qui n'aviez pas au début et qui qui n'avez jamais eu depuis une grande foi dans les bienfaits du régime républicain, vous auriez reconnu l'erreur de vos préventions, et nous, nous serions mal reçus à venir, à l'heure actuelle, vous conseiller d'en changer.

Ah ! messieurs, je reconnaitrais bien volontiers pour ma part, que je me suis trompé depuis dix ans, en vous indiquant le péril, si le gouvernement de la République avait rendu la France heureuse, libre et prospère ; s'il avait été le régime réparateur que promettaient ses fondateurs ; si notre pays pacifié à l'intérieur, respecté au dehors, avait retrouvé sa grandeur d'autrefois, car **le vrai patriotisme n'a pas d'opinion politique.** (Très bien ! très bien !)

Mais l'expérience est faite, le crédit épuisé, et ceux qui parmi vous étaient prêts à accepter de tous les régimes les bienfaits d'un gouvernement sage sont éclairés maintenant ; ceux qui avaient gardé quelques illusions les ont successivement perdues.

Nos finances ruinées, notre religion misérablement persécutée, nos plus chères libertés atteintes, la faveur substituée partout aux titres acquis, la magistrature asservie, notre sang versé, notre argent répandu sans profit sur les plages du Tonkin ! Voilà ce qu'avait produit en 1885 le gouvernement confié depuis huit ans aux mains des véritables républicains! (Vifs applaudissements).

Les élections de 1885

A cette époque, trois millions et demi de citoyens ont protesté ; la France conservatrice s'est levée menaçante, et il était permis d'espérer que sa menace serait entendue, qu'elle inspirerait de sages réflexions, qu'elle aurait des résultats ?

En a-t-il rien été? Les faits sont là pour répondre depuis trois ans : c'est encore plus bas que nous sommes tombés. Les déficits se sont ajoutés aux déficits ; l'intolérance républicaine ne nous a épargné aucune vexation ; les réformes promises ont été ajournées, des lois d'exception votées, et, si d'autres hommes ont remplacé les hommes tombés sous le poids de leur impopularité, ils n'ont fait qu'aggraver nos souffrances, qu'accentuer nos divisions.

Entre temps, il a fallu chasser, pour un fait déshonorant, le chef de l'Etat du palais de l'Elysée, où tout se vendait, jusqu'à la croix de la Légion d'honneur et la nouvelle justice française, dans ce temps d'égalité, n'a pas osé condamner celui qu'avait flétri la conscience publique, parce qu'il était trop haut placé. (Très bien ! très bien ! Vifs applaudissements.)

Elle s'est contentée de frapper les comparses et les petits, et l'on a pu dire qu'elle s'en tenait là pour ne pas trop nous en apprendre.

C'est ainsi que, à défaut de services rendus, un nouveau Président de la République a dû son élévation au pouvoir à sa seule réputation d'intégrité. Mais chacun sent qu'il n'y a personne au gouvernail : à l'extérieur, notre prestige est encore amoindri, et ce gouvernement nous a valu le suprême affront de voir les puissances d'Europe refuser de venir assister à l'Exposition de 1889.

Enfin, pendant que nos budgets ne s'équilibrent pas, la misère devient chaque jour plus cruelle ; les ressources s'épuisent et le crédit national est atteint ! (Vifs applaudissements.)

Dissolution ! Revision !

Faut-il être surpris que, en présence d'un pareil état de choses, la France semble se révolter, qu'un grand vent de mécontentement souffle d'un bout à l'autre du pays, que l'orage gronde de tous les côtés ?

Faut-il s'étonner qu'un long cri retentisse, du Nord au Midi, de l'Est à l'Ouest :

Dissolution ! revision !

Ne résument-ils pas toutes les impatiences, toutes les revendications ? (Très bien ! très bien ! — Applaudissements.)

Peu m'importe, qu'il soit poussé ici par des royalistes, là par des impérialistes, ailleurs par des révolutionnaires. Il est le cri de ralliement de tous les désabusés, de tous ceux qui comprennent que la République a tué le parlementarisme.

Dans quelques grandes villes, dans certains centres populeux, c'est la Commune, c'est la Révolution qu'on acclame, je le veux bien. — Mais les autres, et c'est l'immense majorité, réclament un régime stable et fort, quel qu'en soit le nom, qui garantisse l'ordre et la liberté. Enfin, si quelques-uns s'accrochent à un sabre, comme on se suspend, dans la tempête, à l'épave qui doit vous sauver, tous demandent un régime nouveau et condamnent le régime actuel ; toutes les opinions traduisent leur état d'esprit par la même formule, parce qu'elle exprime les mêmes souffrances : dans une démocratie désabusée, la réaction se produit comme elle peut ! (Très bien ! très bien !)

Quand de pareils symptômes se manifestent, il faut aviser ! L'heure d'agir était venue pour nous qui représentons à la Chambre les populations conservatrices du pays !

A nos yeux, comme aux vôtres, l'ennemi commun, l'ennemi responsable de tous les maux dont vous souffrez, c'est le parti qui gouverne ! C'est à lui qu'il faut demander compte de la mauvaise administration des deniers publics, des scandales qui ont éclaboussé l'honneur de la France, des injustices, des violences sans cesse renouvelées. (Vifs applaudissements).

L'Union révisionniste

Voilà pourquoi nous nous sommes unis une fois de plus pour le combattre et pourquoi, sans nous préoccuper de nos préférences personnelles, nous avons scellé l'*Union revisionniste*.

Mais il ne suffisait pas d'écrire dans un procès verbal de groupe qu'on allait entrer dans la politique militante, il fallait passer de la défensive à l'offensive ; et c'est ainsi qu'un comité de douze membres a été nommé par l'assemblée plénière des droites, chargé par elle d'entamer l'action, de la poursuivre et de faire appel à tous les dévouements.

La Ligue de la consultation nationale, destinée à recruter dans ses rangs tous les mécontents, à embrigader tous les dispersés, est sortie de cette nouvelle alliance conservatrice. (Très bien ! très bien !)

Les adhérents arrivent par milliers et il ne pouvait en être autrement : son programme « Dissolution, revision, consultation nationale, » était fait pour rallier les royalistes, les bonapartistes, les républicains désabusés. N'indique t-il pas, en effet, la marche à suivre pour que le peuple reconquière le droit d'exprimer sa volonté ? Ne laisse-t-il pas intactes toutes les espérances ?

Le Comité des Douze

Je m'honore, messieurs, de faire partie de ce comité des *Douze* et je suis heureux de l'occasion qui m'est offerte aujourd'hui d'être un des premiers à en parler publiquement.

Je ne pouvais choisir un auditoire qui me fût plus sympathique, et du reste, ce n'est plus à la Chambre actuelle, discréditée, morte, parce qu'elle ne représente plus l'opinion du pays, mais au suffrage universel, au peuple, que ses mandataires doivent parler dès à présent.

Ainsi s'accentuent et se fortifient les courants d'opinion, et ce sont ces courants justiciers qui renversent les gouvernements malversateurs et indignes. (Salves d'applaudissements.)

Le Président Carnot

Celui qui préside aux destinées de la France n'a pas entendu l'avertissement de 1885 : il fait encore aujourd'hui la sourde oreille quand on lui

crie de toutes parts : « Dissolution, revision ! »
C'est que la bande qui nous exploite ne veut pas
renoncer à un jour de sa vie parlementaire : les
uns ont encore leur fortune à faire, les autres à la
grossir, et tous prévoient le verdict de la nation !
(Très bien ! bravo !)

Je ne regrette pas, pour ma part, leur résistance
parce qu'elle grandit leur impopularité, et ils
arriveront à ce résultat que la période républicaine que nous venons de vivre, qui a accumulé
tant de ruines et de désappointements, restera
dans l'histoire une période détestée à laquelle
les générations de l'avenir ne seront plus jamais
tentées de revenir.

Mais si nous ne parvenons pas à l'avancer,
l'heure de la dissolution légale sonnera bientôt,
et le jour est proche où il faudra comparaître à
nouveau devant le suffrage universel, devant le
souverain. (C'est cela ! Très bien !)

Vous vous souviendrez ce jour-là que les radicaux ont montré, comme les opportunistes,
comme les modérés, leur impuissance à gou-
verner ; que toute la gamme républicaine a été
essayée.

Le ministère républicain qui présidera à ces
élections ne tentera pas seulement de vous trom-
per par de belles paroles, d'étaler des programmes
retentissants : il usera de l'intimidation, de la
force, de tous les moyens administratifs pour
sauver la caisse, c'est-à-dire le syndicat républicain. Mais vous vous rappellerez qu'un gouvernement d'opinion publique ne résiste pas au souffle
de l'opinion publique, et que l'administration qui
soutient un gouvernement condamné est une
administration sans force. (Très bien ! très bien !)

La prochaine Chambre

Vous élirez une Chambre revisionniste. Ce
sera votre manière de flétrir le passé, de té-
moigner votre mécontentement. Et, n'ayez
crainte, les vaincus, dans cette prochaine ba-
taille électorale, seront tous ceux qui auront
gouverné depuis quatre ans, qu'ils s'appellent
opportunistes ou radicaux, qu'ils soient grou-

pés autour de M. Ferry ou de M. Floquet, parce que tous auront trompé les espérances du pays, dilapidé nos finances, fait les mêmes promesses sans jamais les tenir. (Oui ! oui ! Très bien !)

La victoire, soyez-en convaincus, restera à tous ceux qui réclament la révision, qu'ils souhaitent l'avènement d'une Convention et l'application de leurs autopies sociales ou qu'ils expriment, comme vous, le désir de revenir à un régime durable, à un régime démocratique et fort.

Mais vous l'emporterez, n'en doutez pas, dans cette Assemblée, à la condition que les armées conservatrices marchent unies à la conquête de leurs espérances, car vous êtes le nombre, l'immense majorité de la France, et la tyrannie des grandes villes ne s'imposera plus au pays !

Quand cette Chambre aura été élue, elle demandera la révision de la Constitution : pour vaincre la résistance du président de la république et du Sénat, elle refusera s'il le faut le budget jusqu'à ce que le Congrès soit réuni à Versailles.

Constituante et plébiscite

Le Congrès rétablira purement et simplement l'article 8 de la Constitution, décidera la convocation d'une Assemblée constituante et dissoudra les deux Chambres.

L'Assemblée constituante se réunira et statuera sur le gouvernement futur du pays.

Et enfin le vote populaire ratifiera ou rejettera la décision de l'Assemblée. (Très bien ! Applaudissement.)

Voilà à mes yeux comment le peuple, consulté, peut procéder légalement, sans révolution et par courtes étapes, à un changement de gouvernement.

Il exprime d'abord son désir d'essayer d'un régime nouveau, réparateur, en envoyant une chambre revisionniste.

Il indique ensuite le choix qu'il souhaite en

nommant les membres de l'Assemblée constituante.

En dernier lieu, il approuve ou il désapprouve
les décisions de ses mandataires.

Qui pourra dire, après se verdict solennel
et réfléchi, que le peuple français n'aura pas
été directement consulté ; qu'il n'aura pas
mûri en toute indépendance sa résolution et
qu'il n'aura pas librement décidé ?

Et n'est-ce pas une comédie qui ne trompe
personne que de vouloir préférer la procédure
des trois urnes qui, pour être honnêtement
pratiquée, réclamerait un gouvernement anonyme, la seule chose qui ne puisse pas exis-
ter ? (Très bien ! très bien !)

Votre premier acte sera donc d'élire des
candidats revisionnistes. Comme ils n'auront
qu'à demander et à obtenir la revision, leur
rôle politique sera court. Il suffira pour vous
qu'ils soient conservateurs, et l'union revisionniste assurera leur succès.

Votre second acte sera de nommer des
hommes qui représentent vos préférences politiques, et vous songerez qu'en les nommant
vous indiquerez le choix du gouvernement
qui vous semblera le meilleur.

Les uns vous conseilleront à ce moment de
revenir à la tradition impériale ; ils vous ex-
poseront en toute liberté les avantages qu'à
leurs yeux ce régime peut procurer à la
France ; ce sera leur droit et leur devoir ! —
Notre but à tous est de restaurer le pays,
c'est dire qu'à mes yeux toutes les convictions
sincères pour atteindre ce résultat sont dignes
de respect. La nation prononcera.

Jusque-là un impérieux devoir nous com-
mande de serrer nos rangs et d'attaquer en-
semble : mais des alliés qui s'estiment ne doivent rien se cacher, la politique n'exclut ni
l'honnêteté, ni la franchise, et nous ne nous
sommes pas interdit de penser et d'espérer
tout haut ! (Très bien ! très bien !)

La Monarchie nationale

Pour moi, messieurs, je vous dirai, alors comme je vous l'ai toujours dit, que la meilleure, que la seule solution est la Monarchie nationale, representée par un Prince honnête, loyal, au cœur noble et français, par Monseigneur le Comte de Paris, qui personnifie aux yeux de la France les gloires accumulées pendant dix siècles et les libertés conquises depuis cent ans.

Il est de son temps, messieurs, le Chef de la Maison de France ; il a embrassé avec autant d'ardeur que nous, toutes les idées modernes ; il comprend toutes les aspirations de la démocratie ; il a appris par les leçons de l'histoire que les rois sont grands quand leurs peuples sont heureux ; *et le petit fils d'Henri IV n'a pas oublié l'exemple du Béarnais.* (Très bien ! très bien ! Applaudissements.)

Ils vous trompent, ceux qui vous disent que la royauté ramènerait les privilèges, les abus de l'ancien régime, et qu'elle est incompatible avec les droits de notre société nouvelle.

Dans la Monarchie moderne, telle que nous la comprenons, *la naissance et la fortune cèdent le pas au mérite personnel*, aux services rendus à la patrie, et les idées généreuses enfantées par la *Révolution de 1789 nous sont aussi chères quà ceux qui nous accusent de vouloir ressusciter le passé !* (Très bien ! très bien !)

Cent années vont s'être écoulées depuis cette Révolution, qui n'avait pas besoin pour s'immortaliser de renverser un trône et de se rougir de sang français ; et les bienfaits que la France en a tirés ne seraient-ils pas plus grands si cette date n'avait pas ouvert un siècle de terribles secousses, de crises ruineuses, d'instabilité gouvernementale ?

L'expérience de ce passé, si récent, n'est-il pas un enseignement pour l'avenir ? Et après cette longue période de tentatives infructueuses pour profiter des libertés conquises, la démocratie française ne comprendrat-elle pas que c'est à l'abri d'un régime fort qu'elle recueillera les bénéfinces de son travail, de ses efforts et de ses sacrifices ? (Très bien ! très bien !)

N'est-il pas venu, le moment de consacrer à nouveau, par un pacte solennel, le contrat déchiré depuis un siècle entre la nation, avide de labeur, d'apaisement et de sécurité, et cette illustre famille, qui ne se réclame que de services rendus ?

Le centenaire de 89

Et ce centenaire de la révolution de 1789, que la France s'apprête à fêter, *croyez-vous que Monseigneur le Comte de Paris ne le célébrerait pas avec autant de sincérité*, autant de droit que ceux qui nous gouvernent ou nous gouverneront alors ? Le petit-fils du Prince qui combattait, à Jemmapes et à Valmy, dans les armées de la république, le frère de Robert le Fort, qui suivait, en 1870, ce patriotique exemple, *n'a jamais donné à aucun français le droit d'en douter*. (Applaudissements. — Très bien ! très bien !)

Et croyez-vous que si le roi de France, le roi de la France actuelle, aussi fière de ses gloires séculaires que de ses conquêtes modernes, était là pour convier à cette fête nationale les souverains de l'Europe, ils n'accepteraient pas ?

Les puissances et M. Floquet

Mais, messieurs, les grandes idées de la Révolution de 1789 ont rayonné sur toute l'Europe. Tous les peuples en ont bénéficié, les Constitutions des pays qui nous entourent sont là pour le prouver, et les rois qui règnent leur ont tous prêté le serment de la fidélité,

S'ils ont refuser de venir célébrer cette anniversaire, c'est que l'invitation leur était adressée par un gouvernement Jacobin, qui semble vouloir mêler à dessein aux purs souvenirs de 89 les lugubres épopées de 93, et leur attitude n'est-elle pas justifiée par les allures de ce ministre pompeux et mal élevé, qui commençait sa carrière en insultant un Empereur, hôte de la France, et qui, oubliant la dignité de son rôle, apportait, hier, à la tribune française des expressions qui ont dû faire sourire les hommes d'Etat d'Europe. (Très bien ! très bien ! bravo !)

Ne cherchez pas ailleurs les causes de notre abaissement, de notre isolement et par là même du malaise dont nous souffrons.

Il faut avoir le courage de le dire, la forme républicaine est une barrière infranchissable entre la France et les nations monarchiques, un obstacle insurmontable au relèvement de la Patrie ! (Très bien ! très bien !)

Ne croyez pas, messieurs, que mon langage soit celui d'un homme de parti : pour moi, il n'y a plus de parti quand l'honneur et la prospérité de la France sont en jeu : je leur sacrifierais sans regret mes convictions et mes dévouements personnels.

Je vous parle comme je le fais parce que je vois notre crédit ébranlé, la banqueroute à nos portes, la liberté étranglée au non de la liberté, l'Europe entière coalisée contre nous parce que j'ai peur de l'avenir. (Très bien ! Applaudissements.)

Et tous ceux qui crient : « Dissolution ? revision ! consultation nationale ! » témoignent, eux aussi, des déceptions et des angoisses de leur patriotisme. (Très bien ! très bien !)

Ils seront chaque jour plus nombreux, parce que, chaque jour tombent des illusions et grandissent des inquiétudes — et, si les républicains, maître du pouvoir, **proclament la République au-dessus des lois** vous leur réponderez avec moi que **l'amour de la patrie est au-dessus de la République**. (Très bien ! très bien ! —Triple salve d'applaudissements.)